FABLES NOUVELLES

ET

IMAGES DE CHARITÉ

PAR

E. DUMONT DE BOISSET

Archiviste de l'état civil du Havre, Professeur de Français et de Littérature.

Duplex libelli dos est : quòd risum movet
Et quòd prudenti vitam consilio monet.
(PHÈDRE.)

PRIX : 50 CENTIMES.

HAVRE

IMPRIMERIE COMMERCIALE COSTEY FRÈRES

LIBRAIRES-ÉDITEURS

1860

FABLES NOUVELLES

IMAGES DE CHARITÉ

1860

Ah! des fables!... Maman, vois-tu bien ce Monsieur
qui se mêle de faire de la morale! Il devrait bien, tout le
premier, profiter des conseils qu'il donne. Ainsi s'écriera,
sans doute, quelque jeune minaudière en feuilletant du
bout des doigts cette petite brochure. Je conviens avec
vous, Mademoiselle, que mes fables n'ont pas l'attrait d'un
roman d'Alexandre Dumas, voire même de Paul de Kock ;
mais, parce que vous aimez le frivole, est-il dit que tout
le monde vous ressemble? Prenez garde, Mademoiselle,
d'avoir le destin de cette jeune fille dont parle ma qua-
trième fable !... veuillez du moins la lire ; celle-là, c'est
pour vous, pour vous seule que je l'ai écrite ; vous retour-
nerez ensuite à *l'Omnibus* et au *Passe-Temps*......

Mon but, en publiant ces premiers essais, n'est pas de
briller, encore moins de blesser. Je prie les personnes sé-
rieuses qui me liront, d'avoir pour moi toute l'indulgence
que réclame un début : une seule parole bienveillante de
leur part, fera plus d'impression sur moi que tous les quo-
libets que pourront débiter une foule de désœuvrés et de
prétendus beaux-esprits.

E. DUMONT DE BOISSET.

FABLES NOUVELLES

FABLE I.

LE LION ET LE RAT.

Sa Majesté Lionne avait mis en dépôt
Mainte hure avec maint gigot,
— A la honte de certains hommes,
Il est des bêtes éconômes —
Mon Lion donc avait des biens abondamment;
Non de ces biens qui viennent en dormant,
Par hasard ou par héritage;
Mais bien acquis avec le temps,
Par le courage et par les dents.
Un pauvre Rat du voisinage,
Pour qui la vie était un carême sans fin,
Tombe un jour au milieu du riche magasin.
Tout d'abord il s'arrête, il regarde, il s'étonne;
Il ne peut en croire ses yeux;
Mais bientôt l'appétit que l'odeur aiguillonne,
Se fait sentir; il risque un coup de dents, puis deux,
Et puis à cœur-joie il s'en donne;
Mais voici que soudain se fait entendre au loin
Un rugissement effroyable;

Le délinquant, troublé, se blottit dans un coin,
    Transi, tremblant comme un coupable,
Le maître arrive, aperçoit le dégat,
    Rugit trois fois ; son regard redoutable
        Vient d'aviser le pauvre Rat.
        Un coup de sa patte terrible
        Le cloue en terre sans pitié.
La malheureuse bête, étourdie à moitié
    Demande grâce au Monarque inflexible :
    « Sire, dit-il, mon père eut autrefois
» Occasion de rendre au vôtre un grand service :
» Une nuit, un chasseur tendit au bord du bois
» Des lacs dissimulés par un fin artifice ;
      » Sire, votre père y fut pris ;
      » Le mien accourut à ses cris,
» Et fut assez heureux pour le tirer d'affaire ;
» J'étais bien jeune alors; hélas ! ma pauvre mère
      » Sire, mourut trois jours après ;
      » Mon père la suivit de près.
» Depuis, je n'ai jamais connu que la misère ;
» J'allais même aujourd'hui, je crois, mourir de faim,
      » Lorsque, guidé par le destin,
      » J'entrai..... » — C'est bien, dit le Monarque,
Adoucissant sa voix, je jure par la Parque
Que j'aurai soin de toi; je rends grâces aux Dieux,
Qui m'ont permis de faire un acte généreux :
Va donc, je te pardonne en faveur de ton père.

    Le plus beau legs qu'on puisse faire
    A des enfants, est, à coup sûr,
        Un nom pur,
    Orné d'actions vertueuses.
Je veux que l'or, l'argent, soient choses précieuses,
Puisqu'on ourdit pour eux tant d'intrigues honteuses :
    Je les estime à leur valeur ;
Mais je mets au-dessus les vertus et l'honneur.

FABLE II.

LE CHIEN DE MADAME.

Un Chien gâté par sa maîtresse,
(Ces Chiens sont de la pire espèce,)
Cherchait querelle à tous propos,
Aux autres Chiens du voisinage;
Or, il advint qu'un jour mon petit personnage,
Se fit par eux si bien tanner la peau du dos,
Qu'il en était méconnaissable.
Je vous laisse à penser combien
Madame fut inconsolable;
Pour peu qu'on ait des nerfs cela se conçoit bien.
Mais les grandes douleurs passent comme le reste :
Après tout ce n'était qu'un Chien,
Je dirai même un franc vaurien,
Un fieffé scélérat, plus méchant que la peste;
Et Madame ne manquait pas
De résignation et de philosophie;
Bref, la méchante Bête, écloppée et meurtrie
N'ayant plus rien pour plaire, hélas !
Fut droit envoyée au trépas.

Et si maintenant on désire
Savoir ce que je veux de ce conte déduire;
Je dirai que l'attachement
Qui résulte d'un vain caprice,
Est chose incertaine, factice,
Et finit mal le plus souvent.

FABLE III.

LE RENARD MALADE.

Maître Renard, au fond de sa tanière
Souffrait d'une indigestion :
Maints Charlatans, en cette occasion,
Vinrent offrir leur ministère
Au patient : « — Prenez ceci, faites cela,
» Allez par ci, courez par là.... »
Mais aucune de ces recettes
N'allait à son goût délicat :
« Seigneur, dit à son tour le Chat,
Qui parut sur ces entrefaites,
» Mangez-moi trois bonnes poulettes ;
» C'est un remède sûr contre les maux de cœur. »
Bravo, dit le Renard, je te prends pour docteur.
Vive la médecine où l'on fait bonne chère !

Flattez le goût des gens, si vous vous voulez leur plaire.

FABLE IV.

LA MÈRE ET SA FILLE.

« Ma Femme, je te le répète,
» Puissé-je être un mauvais prophète, -
» Tu gâtes trop ta fille et tu n'en feras rien ;
» Déjà même elle affecte un sot air qui me blesse,
» Et bientôt, grâce à ta faiblesse,
» On rira de nous bel et bien. »

— Bah ! tu te plains toujours, se hâtait de répondre
La trop faible Maman ; laisse parler les gens ;
    « L'avenir viendra bien confondre
    » Cette foule de médisants.
    » Faudrait-il donc que pour leur plaire,
    » On en fit une ménagère ?
    » Vois-tu, ma Fille a trop d'esprit,
» Trop de grâce, et voilà ce qui fait leur dépit. »
    Que dire à cela ? le bon Père
    Se contentait de soupirer.
    L'Enfant grandit, l'aveugle Mère
    Plus que jamais la laissa se livrer
A la mollesse, au luxe ; enfin notre Fillette,
    Présomptueuse, ignorante, coquette,
    Se maria ; pendant les premiers jours,
    Tout alla bien, ainsi que c'est l'usage ;
Mais la lune de miel ne peut durer toujours ;
    Le temps ralentit les amours ;
Le Diable, après six mois, se mit dans le ménage,
Et le Mari trouva sa Femme trop volage,
    Trop négligente, et cœtera.
    Il cria fort, elle pleura ;
Après les cris, les coups ; bref, la pauvre victime,
S'accommodant fort peu de ce nouveau régime,
    Alla rejoindre ses parents.

    Mères, n'ayez pour vos Enfants,
    Ni complaisances, ni faiblesses,
Et, quels que soient votre rang, vos richesses,
Inspirez-leur l'amour du travail, des vertus ;
    Vos soins ne seront pas perdus.

FABLE V.

LE TYRAN ET LE DEVIN.

On raconte qu'au temps jadis,
Sous le règne de Busiris,
La sécheresse, avant-courrière
De la famine, désola
Pendant six mois l'Egypte entière.
En vain, pour apaiser le ciel on immola
Le vigoureux Taureau, la Génisse tremblante ;
En vain on fit fumer l'encens sur les autels,
Rien ne fléchit les immortels.
Tout languissait, privé de l'onde bienfaisante.
C'est alors que parut un célèbre Devin,
Qui dit au Roi : « voici ce que dit le destin :
» Ce sol est trop souillé de crimes ;
» Cesse, ô Roi ! d'égorger d'innocentes victimes !
» Quand tu dépeuplerais l'Egypte d'animaux,
» Tant de sang ne saurait mettre un terme à ses maux :
» Des Dieux la sévère justice
» Demande un plus grand sacrifice.
» Il est dans ton royaume une foule de gens,
» Etrangers au pays, race de malfaisants,
» Seuls objets du courroux céleste ;
» Immole-les, ô Roi ! bientôt, je te l'atteste,
» Aura disparu le fléau.
» J'ai dit : à ce seul prix l'Egypte aura de l'eau. — »
— « Illustre et vénérable augure,
» Tu parles comme un sage, et bientôt, je le jure,
» Les Dieux seront contents ; toutefois il est bon,
» Afin de mieux remplir leur volonté suprême,
» Que tu donnes l'exemple et périsses toi-même :
» Ton aspect, ton accent, ton nom,

» Tout révèle ton origine ;
» Meurs donc, et le premier conjure la famine ! »
Ainsi dit le Tyran, le malheureux Devin
Eut beau se récrier, son désespoir fut vain.

Tout entier au mal qu'il veut faire,
Le Méchant parle, agit parfois imprudemment.
Qu'arrive-t-il ? qu'il est victime très souvent
Des mauvais conseils qu'il suggère.

FABLE VI.

LE CHASSEUR.

Après avoir battu la campagne en tous sens,
Sans avoir pu trouver occasion aucune
De décharger son arme, un Chasseur à pas lents
Regagnait sa maison, le cœur plein de rancune
Contre les lièvres trop prudents. —
« C'est vraiment une honte...
» Que diront les amis ?
» Pas même une Perdrix ! »
Plus il y réfléchit plus sa tête se monte.
Tout-à-coup, furieux, il s'en prend à son Chien :
« Bête stupide et bonne à rien
Qu'à la curée, il faut qu'avec toi j'en finisse,
» Et que je te punisse ;
» Meurs donc, à la fin : pan.... »
La pauvre Bête est sur le flanc.

De ma Fable voici ce que l'on peut conclure :
L'orgueil n'a ni frein ni mesure.

FABLE VII.

L'ORGUEILLEUX PUNI.

Je ne veux pas laisser ce Chasseur trop brutal,
Sans venger le pauvre animal.
Bientôt tout le quartier est instruit de l'affaire ;
Chacun la conte à sa manière...
Un mauvais plaisant de l'endroit,
(Ces sortes de gens-là n'ont rien de bon à faire)
Fit circuler le bruit qu'un Chasseur maladroit,
Avait tué son Chien en tirant sur un Lièvre....
Jugez si mon homme eut la fièvre !

L'Orgueilleux toujours prête à rire à ses dépens ;
C'est là le plus léger de ses désagréments.

FABLE VIII.

DIEU FAIT BIEN CE QU'IL FAIT.

Déjà maître Garo, dans son étroit esprit,
(C'est Lafontaine qui le dit,)
Avait, avec grande surprise,
Comparé la Citrouille au Gland,
Et prétendait que Dieu, dans cet arrangement,
Avait commis une méprise ;
Personne n'ignore comment
Il changea de raisonnement.
Un autre à peu près aussi sage,

Certain jour par un temps d'orage,
Chevauchait au milieu d'un bois :
« Oui, oui, disait-il, Dieu se trompe quelquefois ;
Le soleil devrait luire et non tomber la pluie. »
Vous allez voir comment l'eau lui sauva la vie :
A quelques pas de là se présente un bandit,
Qui vous le couche en joue et sans façon lui dit :
« Donne-moi ton argent. » L'autre reste interdit,
Ce brigand n'avait pas beaucoup de patience
Il prend l'étonnement pour de la résistance.
Et lâche la détente. O bonheur inouï !
    Nulle étincelle n'a jailli ;
    Une goutte, en mouillant l'amorce,
    Venait d'en détruire la force.
    Notre homme alors, piquant des deux,
    Se trouva bientôt à distance,
    Et, bénissant la Providence,
Encor que fort mouillé, s'estima très heureux.

FABLE IX.

LA COURSE AUX ANES.

Un Ane avait gagné dix écus à la course ;
Son Patron de les mettre aussitôt dans sa bourse,
    Et, se tournant vers ses amis :
    « Messieurs, j'ai remporté le prix,
      » Dit-il, et je mérite
      » Que l'on me félicite. »
    — « Et moi, dit tout bas le Baudet,
      » Et moi..... Je n'ai rien fait. »

FABLE X.

LE BIJOU.

Un jour, sur leur chemin, deux hommes rencontrèrent
     Un objet qu'ils se disputèrent.
« C'est à moi ! — C'est à moi ! — Je te dis que tu mens ! —
» Menteur toi-même ! — Eh bien ! Voleur, si tu le prends ! »
A ce mot de voleur, les coups de poings volèrent,
Si terribles, si drus, que la terre en trembla,
Et que pendant longtemps l'Angleterre en parla,
     Comme d'une chose inouïe
     Dans les fastes du pugilat.
Cependant, mes Héros, la figure noircie
De poussière et de coups, suspendent le combat :
« Que faisons-nous, dit l'un ? Quelle est notre folie ?
» Avons-nous donc juré de nous exterminer ?
     » Ne vaut-il pas mieux nous entendre
     » En bons amis, et chacun prendre
» La moitié de l'aubaine ? Allons, sans chicaner,
     » Jusques à la prochaine ville,
     » Et par un Joaillier habile,
     » Faisons calculer le montant
     » De cette pierre transparente,
     » Qui n'est rien moins qu'un diamant,
» Dont nous retirerons une assez belle rente....
     » A nous, désormais, les honneurs !
» Nous voilà tout d'un coup devenus grands Seigneurs ! »
Il faut en convenir, c'était un joli rêve ;
Mais il ne fut pas long ; leur voyage s'achève ;
Les voilà, tout joyeux, chez l'Orfèvre. — « Combien,
» Monsieur, vaut ce Bijou ? — L'autre de rire. — Eh bien ?
»—Rien.—Comment rien !—Holà ! Messieurs, point de colère,
     » Votre Bijou n'est que du verre. »

On l'a dit avant moi ; je le répète encor ;
     Tout ce qui brille n'est pas or.

IMAGES DE CHARITÉ

.I.

Dans une humble chaumière
Qu'a fait pencher le temps,
Sont une jeune Mère
Et deux petits Enfants.

L'un d'une bouche avide,
Hélas ! cherche en pleurant
Une mamelle aride
Qu'il presse vainement.

L'autre aussi se chagrine
Et répète : « J'ai faim ! »
Mais qui dans la chaumine
Lui donnera du pain ?

Oh ! combien, pauvre Femme ,
Combien tu dois souffrir !
Et leurs cris dans ton âme
Doivent-ils retentir !

Les mains jointes, tu pries ;
C'est tout ce que tu peux ;
Tes larmes sont taries ;
Tu n'as plus que des vœux.

Qu'un rayon d'espérance
Illumine ton front ;
Le Dieu de l'indigence
T'entend et te répond.

Soudain la porte s'ouvre :
Une femme apparaît,
Et la table se couvre
De pain, de fruit, de lait.

La pauvre mère, émue,
Veut baiser cette main ;
Mais déjà l'inconnue
A repris son chemin.

II.

O Muse ! sur ton aile
Prompte comme les vents,
Emporte-moi vers elle
Et seconde mes chants.

Que j'aime à la poursuivre !...
A ses pas attachés,
Mes regards vont la suivre
Aux lieux les plus cachés.

L'humanité la guide ;
L'Ange des malheureux
Soutient son pied rapide
En son trajet pieux.

Je la revois qui prie
Sur le bord d'un grabat,
Où, dans son agonie
Un vieillard se débat.

Ses bras, sur sa poitrine
Sont en croix réunis,
Et sa tête s'incline
Devant un Crucifix.

Cette heure solennelle,
Qui nous fait tant frémir,
N'a rien d'affreux pour elle :
Elle en voit tant mourir !.....

Mais un lugubre râle
Vient d'annoncer la mort ;
D'une âme qui s'exhale
C'est le pénible effort.

Du juge qu'elle implore
Le décret est lancé,
La mort triomphe encore ;
Le vieillard a passé.

III.

Sous ma main qui la presse,
Hélas ! ma lyre encor
Rend un son de tristesse,
Comme un soupir de mort.

Et l'écho le répète
Plus lugubre, plus lent,
Et mon âme inquiète
Tressaille en l'écoutant.

Auprès d'un berceau vide
Est une femme en pleurs ;
A voir son front livide
On comprend ses douleurs.

Ah ! c'est qu'hier encore
Un enfant aux doux yeux,
Cher ange qu'on adore,
Reposait en ces lieux.

Et la mort, de la terre
L'enleva pour le Ciel,
En léguant à sa Mère
Un regret éternel.

O Femme infortunée !
Rien ne va donc pouvoir
Changer ta destinée,
Calmer ton désespoir ?

Mais que dis-je ! la tendre
Et sainte Charité
Essaiera de te rendre
Un peu de fermeté.

O ma sœur ! te dit-elle,
Je viens te soulager,
Ta souffrance est cruelle,
Je viens la partager.

C'est Dieu, ma sœur, qui donne
Aux Mères leurs Enfants,
Et qui les environne,
Des soins les plus touchants.

Quand il les redemande,
Il faut bien obéir ;
Il faut qu'on les lui rende,
Il faut les voir mourir.

Ces jolis petits Anges
A notre amour ravis,
Vont chanter ses louanges
Dans son beau Paradis.

Mais il permet qu'ils viennent.
Dans nos rêves parfois,
Et qu'ils nous entretiennent
De leur plus douce voix.

Dans un charmant sourire,
Ignoré d'ici-bas,
Chacun semble nous dire :
Mère, ne pleure pas ;

Reprends, reprends courage
Va, nous nous reverrons ;
Ce beau Ciel sans nuage,
Nous le partagerons.

En attendant dispense,
Un peu de tes bons soins,
A ceux que l'indigence
Accable de besoins.

IV.

Quel bruit au loin résonne ?
D'où part cette clameur ?
Le bronze éclate et tonne,
Et répand la terreur.

C'est la guerre, la guerre
Qui désole et détruit ;
Comme un second tonnerre,
Le plomb tue et meurtrit.

Au sein de la bataille,
Marche une femme en noir ;
Sans craindre la mitraille,
Elle fait son devoir.

Pour conserver la vie,
Au malheureux soldat,
Elle se multiplie,
Et rien, rien ne l'abat.

Courage, sainte Fille,
Dieu voit ton action ;
Déjà sur ton front brille
Un céleste rayon.

Ces hommes qui périssent
Par un fatal destin,
En expirant bénissent
Ta généreuse main....

Arrêtons-nous, ô Muse !
Ralentis ton essor ;
Mon esprit se refuse
A la poursuivre encor.

Laissons-là tout entière
A ses nombreux bienfaits ;
Dans son saint ministère
Ne la troublons jamais.

Havre. — Imprimerie Commerciale COSTEY Frères, rue de l'Hôpital, 4 & 6.